作者简介

修正（又名“圆证”），1979年出生于江西吉安。受家庭的影响，从小就与诗词文学结下了不解之缘。公开出版《云水行吟》诗词集。其诗词不仅反映个人的情感和体验，还体现了他的历史素养和文化底蕴，以及对和平与和谐世界的向往。他的诗词风格以高雅、清新、澄明著称，不仅具有深厚的文化底蕴，还展现了高超的艺术表现力和感染力。

南音吟草

修正 著

CFP 中国电影出版社
2025 · 北京

图书在版编目（CIP）数据

南岳吟草 / 修正著. -- 北京 : 中国电影出版社，
2025. 3. -- ISBN 978-7-106-05710-7
Ⅰ. I227
中国国家版本馆CIP数据核字第20258UM156号

责任编辑：张　霞
装帧设计：云上雅集
责任校对：滕　森　许璐一
责任印制：孙维维

出版发行　中国电影出版社（北京北三环东路22号）邮编：100013
电话：64296664（总编室）　64216278（发行部）
64296742（读者服务部）　E-mail：cfpbjb@126.com
印　　刷　长沙市精宏印务有限公司
版　　次　2025年3月第1版
印　　次　2025年3月湖南第1次印刷
开　　本　880mm ×1230mm　1/32
印　　张　5
字　　数　50千字
定　　价　98.00元

自序

我国为诗歌之泱泱大国，渊源可上溯自《诗经》的“风”“雅”“颂”。孔子曰：“诗，可以兴，可以观，可以群，可以怨。”此语出自《论语·阳货》，指出诗歌的社会作用。从诗歌欣赏的角度讲，“兴”“观”“群”“怨”分别指诗歌的感发意志、观察社会、交往朋友、怨刺不平的功能。孔子又于《礼记·经解》中提道：“入其国，其可知也。其为人也：温柔敦厚，《诗》教也。”这概括了诗歌的教化、审美教育和社会功用，能培育出美善合一的理想人格。这既属文化传承，又能提升审美与道德修养，已为国人所共识。

诗之于唐代而集大成，数量众多、艺术精湛、体裁全面、影响广泛，涌现出大量著名诗人，如孟浩然、王昌龄、高适、王维、李白、杜甫、韦应物、韩愈、白居易、柳宗元、杜牧、李商隐等，可谓星光熠熠美不胜收。唐代八宗林立，高僧辈出，其中也不乏好诗和能诗的僧人，大众所熟知的，如皎然、灵澈、贯休、齐已、寒山、拾得、灵一、无可、尚颜、栖蟾、虚中、玄泰、清塞等各有名篇传世。不以诗名世而以诗入禅，或以诗说法者比比皆是，不胜枚举。禅诗与净土诗入宋后日益增长，诗人与禅僧交游酬唱吟风弄月已是司空见惯，上堂说法、颂古、拈唱等通篇文采焕然，由士大夫参与，令诗僧辈出，诗作也蔚然大观。

南岳衡山一向有“文明奥区”的盛誉，又有“南岳僧海”的美称，各宗高僧群居山间，能诗的僧侣代有其人。此外本是诗僧聚集之地，如懒残、灵澈、法照、齐已、栖蟾、慧洪、来复、楚石、通际、大错、破门、弥嵩、大成、明照、晓堂、敬安等，便是其中翘楚。唐德宗曾召懒残入京，有《辞召诗》：“休将琐末人间事，换我一生林下闲”之句。灵澈与吕温、刘禹锡均有酬唱，灵澈《归湖南作》曾获侍郎包佶、李纾赞赏。法照为代宗朝国师，诗名显赫，“夜宿依云色，晨斋就水声”即为其名句。慧洪著学颇丰，有《僧宝传》《冷斋夜话》《林间录》等颇有诗名。楚石与湛甘泉、罗念庵为好友，清代魏源对其《和三圣诗》倍加赞扬，称：“色相俱空，而无腐气，心甚服之。”明清之间的诗僧破门、弥嵩、大成、明照、晓堂均有诗集。敬安便是清末民国初诗僧，著有《八指头陀诗集》留世。南岳衡山既是出祖师爷的地方，更是诗僧吟哦的乐土，诞生诗人的摇篮。

本人的师祖戒慧上人，是位好诗与能诗的老和尚，家父也是喜欢彻夜长吟的诗歌爱好者。受前辈影响与熏陶，我自幼即好读诗词，也曾有感即付诸习作，苦于格调不高，又加之身为平常之人，闲吟有碍禅定，其间截断吟癖数年。不意于南岳衡山邂逅著名诗人李青淞先生，几番交谈深受教益。本人2023年在漓江出版社出版诗集《云水行吟》，得当代名家谭仲池先生作序与青淞先生题跋而增光添彩。先生们提携后进之心令人动容。怀恒法师多次劝言，既居南岳衡山灵胜之地，必时有会心处，皆可发为诗歌，绍续南岳诗歌的传统，可以益道业净禅心。众缘辐凑，本人勉力为之，得诗一百多首，即将付之出版流通。回首前事悲欣交集，以诗入禅，可为修行。

是为序。

修正

甲辰年秋月序于南岳

目录

孔子曰:“诗,可以兴,可以观,可以群,可以怨。”

寻紫峰心安古寺遗迹

一

紫峰藏寺曰心安，山色倏忽有无间。
松石荒村钟磬渺，时见群羊入翠岚。

二

数来幽谷觅心安，柱石残联弃草间。
逸庐村屋隔林现，招提难复旧时颜。

寒夜遣怀

一

茶气氤氲伴丝弦，声声如诉忆华年。
心怀远客藉幻梦，妙唱嘉猷效杜鹃。
四教频宣宗衡岳，三谛圆观彻离言。
常惭母难何成济，忉利福音久寂然。

二

岁暮风寒夜已阑，拥襟凭栏着眼瞰。
斑驳柔光摇碎影，丁零轻响拍旗杆。
不惑年轮惑人事，无负初心负宵残。
感怀空吟坡仙偈，又奉楞严梦里参。

静夜观繁星偶吟

百事皆经心常寂，清宵缄默看星云。
亘古长空倏幻变，悠游冰轮总飞巡。
曾愍苍生悲难寐，也究明静忘朝昏。
索珠应不离衣底，本来成现莫外寻。

晨起答故人问

一

故人问我何作诗，除却作诗更何为。
禅诵闲暇付吟咏，块垒消尽始知微。

二

感怀风月嗟宿愿，事与初衷总参商。
近来渐觉筋力少，扶栏眺远意惭惶。

三

触事酸辛转沉吟，平生无限海潮音。
本拟写就公同好，恐负袈裟失琛身。

登祝融峰

一

策杖登临祝融峰，冠秀南天仰寿宗。
爽赖时消朱夏暑，南薰又泮雪岩封。
每随荒鸡观旭日，还逐银湾待晚钟。
好住道场参至理，慧照空明制毒龙。

二

平生有癖游名山，隐身青霭白云间。
偶觅诗句涤尘虑，尽遣珍函剖楞严。
烹茶时参谂老问，热香偏怜桀特憨。
登顶无洒山阳泪，又付豪吟上笔端。

三

衡岫巍峨凌太清，六出飞花落洞庭。
金简旧编不复见，禹迹石亭屡皆经。
松云海月嫘祖意，飞鹤栖霞朱帝情。
南巡事渺山叠巘，空遗酬唱客心惊。

四

祝融峰高出九重，独峙南空柱寰中。
峭壁扪天留古篆，扶桑影动度崇墉。
豁尽胸襟层云荡，慨然回首腋清风。
七二奇峰题诗未，物态遥渺幻无穷。

五

策杖又登祝融峰，龙蟠凤翥势争雄。
晴云无翳天无风，巉岩摩砻翠摩空。
独峙南维高万仞，裹粮酬唱羡三公。
遍游怀古吟碑记，睥睨层巅何峥嵘。

六

数载清梦系衡岳，何日攀萝蹑山巅。
石径崎岖风雨恶，云峦岧峣[1]连川原。
崔嵬千丈劳屐齿，去天一握心释然。
豪游胜迹无羁绊，遥礼祖塔忆三生。

七

林壑盘迂白云深，携友晴日又登临。
极目八荒胸襟豁，高伏千冈晓风轻。
势连吴越千重岫，地接广黔万里荫。
石宫帝颜仍如昔，扶栏忆古转沉吟。

① 岧峣：山峰高峻崎岖。

寻磨镜台旧址

一

翠嶂寒松古碣新，碎月流泉禅秘精。
磨砖作镜斯何人，马驹蹴踏僧海清。

二

来寻禅源复何闻，阵阵松涛冉冉云。
溪壑苍苔游人少，石碣留镌祖道纯。

三

披荆斩棘觉洒然，每将褐袖拭前镌。
不意磨砖千年事，都入诗囊系杖间。

游上封寺感吟

一

禹王城侧起梵宫，石垣铁瓦撑层空。
法华禅客斯来往，名镇南衡何其雄。

二

万仞崚嶒障天风，手可摘星斋崇墉。
砥柱宗门锻英衲，几度称旨受皇封。

三

群峰叠巘指顾中，日出云开景象雄。
当阳涌出人不识，笑煞多才昌黎翁。

四

来寺无寻般若公，行穿轻烟登祝融。
白云桂子寥闲落，鸟道玄铭并皆空。

五

欲观朝曦且登台，雾霭崇明不见来。
光朱本自无遮障，自是娘生眼未开。

六

登陟休嫌几曾经，爱山端的赏山青。
群峰迤逦尘世隔，一回瞰远一回新。

七

古寺凌巅入紫宵，衲僧消暑扇懒摇。
潇湘苍梧收眼底，霞卷云舒早晚朝。

八

磴险梯危石上松，胜观生趣妙无穷。
我亦祖师门下客，归途又被白云封。

九

磬闻群峰石作城，月明残雪溜泉声。
虚室红炉诗情富，漫究前缘话平生。

十

杖挑诗囊步绝巅，兴起伸臂摩云天。
寰海如豪华顶伏，未事丹炉已胜仙。

十一

上封隐见白云峰，箕踞埈岩看长松。
芝草可撷延寿望，高吟声和隔林钟。

十二

孤筇寻祖访名蓝，槛外银装裹峰峦。
太古音传风雨歇，此境分明示南禅。

十三

长啸融峰云荡胸，逸兴高吟羡文公。
神僧未识诗难就，又忏香台满月容。

十四

孤高不与众峰通，老桧凌巅势如龙。
此山未隔曹溪远，一滴甘霖起吾宗。

妙连阁赏雪闲吟

一

寒雨哀风涂月天，把卷南轩倦入眠。
晚钟敲回华胥梦，怅失周庄巷里船。

二

六出飞花舞迎春，乔灌蒿莱尽皆匀。
肩上有衣非鹤氅，能抚兰操得几人。

三

欲识弦音无伯牙，壁间诗作少碧纱。
檐铃伴雨天将暮，闲倚朱栏数璇花。

四

细雨严风天正长，琉璃方呈碧池塘。
红联妖娆孩提闹，时闻瓶间腊梅香。

五

闻弦识琴未弄笛，六花落处寂无声。
炉火初红茶将沸，城中数万凤脑明。

六

石阶无人长绿苔，院内冷蕊待雪开。
摄就万帧清友相，遥思靖和归去来。

七

围炉夜话意如何，一岁光阴去若梭。
犹记照岁吟咏兴，挚友相和不较多。

又访万年寺感咏

寻根又入天台山，弹指恍然十四年。
门前古杉枝犹减，东边新楼阁焕颜。
光寿临溪聆雅韵，觉音峙谷隐逸贤。
界墙石砌标宝坊，莲池流碧禅脉延。

游南岳衡山高台寺

一

策杖又攀祝融峰，雾霭青嶂数百重。
衡庐楚石盟心缔，啸咏高台念庵松。

二

思贤畅游碧萝峰，壁上题痕已数重。
僧诗高寒遑让雪，萧然高卧伴云松。

三

岩台筑室隐高峰，楼阁凌云知几重。
山鸟溪云闲无定，凭栏纵目鹤巢松。

又宿蕉庵感吟

一

梦回蕉庵知几度，重来无复见芭蕉。
犹若逝川去不返，凭栏听雨慰寂寥。

二

寻梦又宿旧云房，恍闻楞严韵琳琅。
临窗翠嶂千竿竹，曾忆挥麈宗乘扬。

三

又来平田叩祖关，问道溪云镇日闲。
碧池伫立思梅骨，三生石上绿苔斑。

四

石径新成履病身，随流且赏杜鹃欣。

野茵又复当年绿，吟哦桥头几曾经。

五

夜阑听雨醉客心，伫倚芸窗转沉吟。

一十四度花零落，换得天苴梦里寻。

住国清宾馆有感

一

青葱毓秀国清路，流泉疏雨客栈新。
千峰沐后挽宫髻，杪倩幽芳涧鸣琴。

二

听雨赏琴两相欢，抵掌谈心旅魂安。
性喜山居临山住，青嶂悦我退轻岚。

三

不见古刹只见山，青娥披纱半开颜。
怅思国清千年事，涧琴无那奏阳关。

登孔望山感吟

一

览胜寻幽七散人，巅顶四望眼界新。
问官郯子缘圣迹，承露杯盘惑鬼神。
石像汉留清耳目，廉吏诗风拂俗尘。
戒贪碑立思良佐，承恩岂可负紫宸。

二

穷游未阅地志书，摩崖汉画展篆图。
涅槃鹤林空想象，轩辕遗影岂殊俗。
西麓古镌宜长看，东向龙洞莫破除。
山川怡人忘尘虑，现观随处见功夫。

游端木书院

一

湖水潮碧浪，礁岸作琴鸣。
书台彰荒野，危亭立水滨。
片言兴鲁甸，曝经天放晴。
徘徊嶙峋石，体味古人心。

二

松涛涌澎湃，云雾缭深林。
救国遵师嘱，逸游豁胸襟。
观澜必有术，明德岂无凭。
来此兴浩叹，反躬乐承平。

游花果山

一

大圣居何处，深山传疏钟。
青嶂摩碧落，岚岫起乱峰。
瀑飞神仙洞，杏老古苔缝。
携众登绝顶，白云知几重。

二

寻胜沿磴道，杏叶解绸缪。
石亭藏林麓，鸣涧入海流。
景胜旅人炽，山奇洞壑幽。
何当重此聚，执卷话西游。

远瞻海清寺育王塔

一

途经海清寺，传言星云僧。
率众兴宋刹，时贤迎驾峥。
因缘殊本愿，事功半未能。
至今镌殿额，银钩一笔申。

三

三元山上刹，海清下院存。
碧湖映画角，宝塔耀僧伦。
城南经激浪，云台接后坤。
昕称桃源里，游访记大村。

外游感怀

一

来去分明只十天，聚会夜谈系宿缘。
无那安养遥瞻想，先教心栖上品莲。

二

古城名胜闲游遍，文风蔚然赏汉镌。
问郯望海翔龙隐，片石千秋迭梦间。

三

常课名号日十万，遣习除障不相关。
收珠暂忘弥陀名，依然从前担板汉。

四

阳明孔圣号完人，传道授业卓功勋。
儒商更替成功学，格致无闻阿堵尊。

五

波波半世访高人，熟识铁闻口耳间。
我慢山高拒法水，漫评诸方坏福田。

六

执相求真转趋远，桎梏空理太无端。
性修全德终非二，熊耳峰绽九品莲。

七

重游故地益惆怅，文教频温酌悲肠。
可怜梦魇迷离众，心外劳寻极乐邦。

感师解惑吟

隋刹寻根意无穷，蒙师授指滞碍通。
遣除格义离言说，端正身心绍祖风。
梵伊圆照三身现，真如即境一念融。
为问寂寥方寸地，遇事忘缘几人同。

生日感吟

一

千里寻根南岳来，衡岫云深故人回。
五刹遍巡参祖意，携众泫然缅雄才。

二

祝融峰高眺洞庭，蛟龙八百荐芳馨。
至人化去无消息，岚退嶂叠处处青。

三

峰奇嶂秀应轸墟，胜迹昭然焕若初。
羞与儿曹争厮舆，策杖南衡习贝书。

四

诸子相随尽清欢，七二奇峰诗眸看。
从知庙堂宗师范，南阜烟柳不耐寒。

五

母难纪日了何事，题就南山献寿诗。
击节且吟咸杰偈，聊叙星城聚首时。

夜坐云房偶吟

一

玉簟纹如水微凉，病躯暂栖客西房。
南来北往参高德，天上人间非故乡。
一乘成行趋宝所，半生心事付观堂。
披衣又憩楼廊处，定起纤月朗上方。

二

桂魄流辉光中坐，院庭无声香复旋。
心离执念超边际，身若幻影脱绊牵。
掀帘月入门初启，击节长吟韵接连。
寂寂云房溽暑夜，忘缘而照复性天。

游福岩寺

云月烟溪系诗囊，刹杆欲起复彷徨。
病身本拟藏青嶂，业风先送过衡阳。
权栖西院娴经论，又欣南禅绝思量。
回首百城岭嶙日，襟袍夷旷逸兴扬。

甲辰夏日吟草

一

楼廊小憩湿夏衣，梅雨蛙鸣绿畦时。
风起蔷薇香满院，好乘南薰折一枝。

二

空林月静光若烛，御街石砌凉如玉。
去年序齿围炉夜，冰轮斜入西民宿。

三

横绍鹫峰不言恩，一番温习一销魂。
重来窣堵参宗乘，誓愿文镌拂泪痕。

四

何事南窗坐绳床，金针欲度绣鸳鸯。
啼红无裨聋盲辈，辜负梵书墨几行。

五

微躯如寄梦心惊，推窗沐月又沉吟。
缘何日前伤离别，难仗携扶度此生。

六

午间寒袭梦方醒，棂星门前麦克鸣。
绳床欲究无生话，又阻邻房读书声。

赴讲途中偶吟

栉风沐雨赴招提，轻衣撑伞过御居。
楼阁鳞次人如织，林麓空濛翠有余。
襟袍旷夷无羁縻，愿力磐坚剖诗书。
弹指已历三朱夏，作如来使愧难符。

不语挂锡处

一

兀坐岩前思无思，言语道断不语时。
夜深踏碎峰头雪，灯是火燃悟归迟。

二

石窟洞天憩宦游，禅修不语自风流。
白圭[①]欲卜前程事，方转食轮惑竟除。

① 白圭：明朝政治家、改革家张居正的幼名。

问联匾事偶吟

云房酣梦惊坐起，询我联匾应何如。
意出言外非关韵，句依诗典岂媚俗。
休羡工部欣镌琢，须仰憨山率操觚。
拈掷随心扬妙谛，传灯有录别除书。

南岳衡山街行偶吟

优游天衢别朱帝，缓缓楼街信步行。
恍惚物像如幻梦，依稀思绪若浮氤。
振铎传薪酬宿愿，焚膏继晷阐静明。
空界如如无增减，绳系清风枉费心。

读马祖语录口占

气宇轩昂媲帝王，通身是舌语录芳。
梅子方熟即心佛，石巩解猎已空肠。
八四上贤飞法雨，百千妙定只平常。
风来花落知多少，本份事明不怅惘。

闲咏千瓣莲

污淖泥塘清净身，中通外直不染尘。
琛臂一弯潜浊水，朱华千瓣倾波神。
清香溢远盘珠露，舒卷随心任天真。
高逸偏怜多词赋，枝残犹待听雨声。

笑答友人问不发文章事

一

不宣妙法动诗兴，弄月吟风守全真。
摘句寻章多拟古，忘世谓为羲皇人。

二

郢客余音空凄然，遏云豪气隐尘烟。
人间最是轻夺席，喜谒朱门饱清谈。

重游方广寺

一

云水生涯鬓成丝，浪迹南衡谁许知。
应真既乐人间住，芙蓉山青侈灵芝。

二

画栋雕梁古道场，衡台往还岂平常。
朗月当空千潭现，散影分形处处芳。

三

性喜幽旷酷爱山，松竹掩映绽笑颜。
最是树根如龙爪，随流溅玉半溪湾。

四

数载游踪若飘蓬，览胜又寻莲花峰。
遗世寂寥真福地，恍闻平田[1]课前钟。

五

应真胜境动幽思，希遁披荆斩棘时。
数语相嘱潜圣迹，慧海龙吟韵成诗。

六

峰头翠竹与云齐，独羡高贤得所栖。
我来应是诗人未，何如分韵各抒题。

① 平田：天台山万年寺。

重游南台寺

一

古寺深隐白云岑，极目山岚滤尘心。
青松龙跃腾生气，杉木参天自成林。
碑刻参同文简古，歌叙草庵动微吟。
法源流去曹溪水，石头路滑忆传薪。

二

杆木随身访石头，门风高峻岭南来。
妙唱嘉猷君臣位，会物为已偏正该。
至理默照宗乘显，灵源皎洁宝镜台。
禅道寂寥凭敲唱，鸟道玄路展手哉。

重游紫盖寺

一

年来皆为他人忙，鲜修静明隐上方。
策杖重寻雄狮窟，安心随处是家乡。

二

葱郁松竹夏亦寒，流水绕寺雾霭漫。
泉韵珠转琴声急，无常空苦动心弦。

三

门前阶石覆绿苔，朱门铁锁久不开。
风来簌簌扬细叶，疑是排空雨落来。

四

时愍群生泣路歧，敷演宗乘断狐疑。
十方聚会参祖意，鹫岭传心续一枝。

五

世出世间实相禅，清凉无过入伏天。
火里莲开谁得意，鸟衔花落碧岩前。

六

山涧鸣琴处处闻，静谧幽境绝尘氛。
满目青山谁人识，坐看竹杪扫白云。

七

初访紫盖业经年，重来林泉故依然。
世间皆贵清谈辈，宗乘举处绝言诠。

八

徘徊深林忽忆君，年来人事不堪闻。
何当互述别离苦，怅望青嶂岭下云。

九

文章憎命又何如，熟读乾坤无字书。
两度擦肩缘过客，中兴难图倍踌躇。

游华严湖

一

翠湖涵空囿栏杆，石径透迤第几盘。
满山松竹风簌簌，一泓流水响潺潺。
寿岳明珠呈峰底，奇谷梵音探顶看。
隔溪烟雨寒如许，鹧鸪声里忆江南。

二

华严峰底湖如镜，物态山光自徘徊。
翠杉夹道翮鸟急，飞泉溅玉桐琴哀。
石壁向人挥剑戟，危亭出水映琼台。
衡岳若飞欲何往，关山险阻故友来。

游梵音谷

一

林下清风自优游，万乘殷勤敕使符。
寒涕犹不为人拭，岂逐尘寰费功夫。

二

夜夜长吟诵贝经，金玉传音属谪僧。
赖有邺侯时亲近，半芋入相羡九层。

读哭李商隐偶占

一

忆读巴山夜雨诗，怅然深宵独吟时。
记否国师天眼偈，安养好去莫疑迟。

二

巧托锦瑟叙华年，朦胧如幻太无端。
曾抒妙愿题僧壁，施金如法写妙莲。

三

持拂常侍猊座前，扫地焚香忏宿愆。
书北青萝嗟尘世，三生惊梦一钟悬。

会仙桥

仙桥巅靠祝融峰，险窄容步试心衷。
青玉坛基迎鹤驾，石龟昂首朝圣容。
万丈烟云飘谷底，一天霞艳染彤空。
烂柯人去知何处，数行归鸟隐翠丛。

过祝圣寺

松烟隐隐落花蹊，石塔苍茫暮色迷。
清泠前宫泯踪迹，祝圣今额伴幽栖。
默庵披衣光祖道，空也兴学绍虎溪。
衡台法印无今古，华竺心月遍界辉。

过西福寺

一

数过招提品禅茶，寺主趣谈妙语嘉。
庄严清雅觉苑地，时聚高贤探心葩。

二

室小涵容天下客，山深无阻故人来。
蒲团稳坐参谂老，茶香欣逐岫云开。

过慈云寺

一

闻黑龙潭水，秋清泉气香。
白云闲来往，林阴翠转凉。
世事诗情淡，山居道味长。
溅玉飞珠雨，何如论沧浪。

二

又来慈云寺，山深日夕曛。
古树参天碧，青山涌彤轮。
林下安禅好，尘世智珠昏。
不悟镜中影，把笏点示君。

外游怀故友口占

一

铁鸟穿云隐濛冥，群山如点处处青。
我本非仙腾空过，雪浪如潮涌玉京。

二

不住深山住城边，到处人事总怅然。
犹记蕉庵灯下影，辜负鸥盟十五年。

忆故人偶占

一

刘庄雅院笼翠色，琅琅书声意自得。
春风不及相狎欢，怅向白山望东北。

二

离别经年空折柳，鸿雁影来长太息。
且待秋阴赴平江，怡园院落弥余忆。

水神庙北露营

一

好个清凉碧山中，牛马悠然满翠丛。
但教入目真风别，不须云峰谒金容。

二

盘桓鸟道隐僧伽，文殊面目旷无涯。
露地白牛相呈似，草绿山青演法华。

过台怀镇

水神庙北翠巅峦，绿茵如毯数峰连。
白牛赤马阴山麓，金塔胡杨溪涧边。
数处露营拖挂[①]异，多番烧烤气味鲜。
闲荡秋千观逸趣，难忘清暑度华年。

① 拖挂：露营的房屋。

过天津海门桥

渤海西流过津港，拉伸桥段巧登峰。
车船无碍逍遥甚，截通挥洒自从容。
两岸绿丛添画卷，一片风帆出碧穹。
图摹乡贤镌石壁，巨擘妙手夺神工。

过大南庄

一

南台朝罢过高墩，瓦房院落未细论。
沟壑流泉缀片石，青濛遥望金阁云。

二

浩瀚奇峰一径开，游客如炽雁行来。
此去狮窝多少路，越陇穿林赴西台。

杂咏·述怀

一

底事难明减容光，暮色才临已上床。
敛念空明如一瞬，散尽铜炉柏子香。

二

欲题离绪恐费笺，窗前久伫望月悬。
记取武陵天竺路，语笑阑珊送秋千。

三

轻风拂袖绕楼廊，花树流光倩暗香。
今夜故人栖何处，月运云移益怅惘。

四

生性洒然辩才兼，小桌烹茶踞玲檐。
清韵一声惊尘梦，击节微吟论无生。

五

碧泓留影恍西湖，三十二月入潭无。
薰风拂浪欲何往，西泠桥头有曼殊。

煮茶观瀑偶吟

瀑喷千仞赴壑流，溅玉飞花碧崖头。
势若奔雷冲壁危，韵似焦桐入潭幽。
葱荫夹岸悬承影，白云覆空垂素绸。
几叠泉香清耳目，临涧烹茶坐忘忧。

天柱峰

万八千丈独称雄，个中最胜属南峰。
定起九旬巢筑顶，骚人今犹赞寿公。

闲居偶吟

更深忽忆少年事，一缕侠魂梦亦芳。

普门欲度我何有，几随查[①]古[②]接楚狂。

① 查：查良镛（金庸）。

② 古：古龙。

国清偶遇感吟

临海[①]重游似旧时，启窗挥手别稚缁。
浥尘霏雨轻车快，触目旖旎[②]慰我思。

① 临海：县级市，由浙江省台州市代管。

② 旖旎：香烟缭绕的美妙景象。

茶事

一

甘霖潇潇夜若渊，闲拈灵草梦中煎。
窃取赵州[①]一句字，非茶非水亦非禅。

二

宿会招提叙前缘，月光如水夜如年。
百偈千言空相忆，一壶一语味盎然。

① 赵州：赵州从谂禅师，留有“吃茶去”的公案。

三

八峰栖影究圆乘，二涧常宣妙谛[①]声。
祖意[②]须从言像入，院东[③]佳茗沏未曾。

四

钟声和雨送晚风，把盏长吟兴莫穷。
仙茗香兮欺兰芷，羡煞天然造化功。

① 妙谛：实相之妙理，东坡有诗“溪声便是广长舌”，今借其意。

② 祖意：禅门常说的“祖师西来意”，就是指佛之心印，诸法实相之理。

③ 院东：东院的倒装，赵州禅师所居观音院因在赵州城东，故又名东院。

五

循迹丹丘[1]习妙观，昏散无端自湎酖[2]。
毒龙[3]欲治凭何术，苦参赵州三字关。

六

半架梵文半架茶，澄神默饮傲烟霞。
清风移月为良友，啜尽湘花[4]又发芽。

① 丹丘：天台山的别称。
② 湎酖：被昏散所困，沉溺其中不能自拔。
③ 毒龙：烦恼习气。
④ 湘花：古代茶诗中为茶叶的代称。

和宗德《山居春赋》

碎影摇日入禅房，映我流黄[1]薄纱窗。
花靥酡红娇无语，松针滴绿色犹凉。
时聆春燕鸣屋宇，每观古柏笼寺墙。
平田三月熏风里，草木幽传妙莲香。

① 流黄：褐黄色的绢。

取“大拙”为号拈题

一

频拈大拙缅前贤，废心用形[①]焕性天。

逆顺随缘无憎爱，妙契维摩不二篇。

二

守拙功高世莫裁，秧歌慈氏漫相猜。

无端觑破云移月，冉冉青牛涉楼台[②]。

① 废心用形：儒者称孔子有废心用形之德。

② 青牛涉楼台：老子骑青牛入陕西楼观台论道。

题《蕉庵诗稿》

浮生缘影付管城[①]，满纸沧桑幻亦真。
诗肠渐灼悲杜宇，数载闲吟方册裖。

① 管城：笔的异名。

午梦呓语

贝典吟哦缅净邦，珍台池树妙难量。
依稀身置安养界，隐约鼻沁宝莲香。
天花焕彩从空落，金渠流水绕上方。
殷勤礼赞诸开士，梦转东风昼正长。

忆台山旧事

相距十千里，南北参商间。
玩赏浙山水，邂逅晤城关。
钟鸣宿鸟惊，斟茗话自然。
契阔明朝事，且尽此夕欢。

台山夜话

台山岑寂夜已阑，烹茗论道兴千般。
茶馨诗韵幽情惬，律仪禅机愿力坚。
圆乘熏人拟詹卜[①]，戒风挹物类芝兰[②]。
欲约他年同济世，微言相得襟怀宽。

① 詹卜：花名。
② 芝兰：灵芝和兰花等香草。

静夜思

雨骤风狂消夜半，拥衿危坐费思量。
眼空四海谁知己，腹蕴三观慕觉王。
食睡蝉联聊度日，悲欣交集扰心光。
底事难明春又过，太息沧桑意惝惶。

问禅莆田偶吟

中阳先生出其吟莆田之行诗句以示予，盖数年前予曾游之，遂步其韵而吟之。

逐雨轻车赴莆田，杜宇催诗夜未眠。
梵钟破晓传新韵，妙句神来心自闲。

梦游华顶

一

台岭云横峻及天，降魔华顶奏狮弦。
戒乘双圆辉禹域[①]，蔚为妙宗奕万年。

二

天台鹫岭辉后先，秘藏亲承总持旋。
实相三观冰拌水，忍土全舒极乐天。

① 禹域：赤县神州。

读禹王碑

珍重禹王碑，经劫出土来。
圣功倩国乘，蚪文耀石台。
云峰金简约，灵花逐溪开。
徘徊抚裂隙，忽发雍门哀。

忆蕉庵

一

犹记平田院中蕉，翠叶亭亭舞风娇。
十载临窗相对望，晴雨喧静慰寂寥。

二

衡南飙风撼秋城，青山迎客动离情。
处处峰峦皆相似，犹忆蕉庭夜雨声。

游柳子庙

一

昔年曾读东海若，文集犹存无姓碑，
抗折百家续鹭岭，巽上人席识敬皈。

二

中竺圣训本相符，易语幽深类梵书，
与物无违堪佐世，大慈无我忘乘除。

三

三十余年求斯道，家学渊源性近佛，
大云龙兴挥椽笔，净土缘深屡唱和。

四

文冠八家誉文坛，永州小记称独妍，

退之犹滞俗儒境，未媿子厚达中观。

游张浚故居

一

紫岩老子本禅和，求道妙喜觅迹索，
守护吾宗归无著，教外单传亦沤和。

二

铁骨铮铮射天狼，中原北望拟开疆，
符离淮上骋铁骑，统率王师何鹰扬。

三

三谪永州隐勉园，忧国御金虑极深，
从龙平叛堪王佐，未遂北伐忝长城[①]。

①长城：高宗所赐的称号。

步《向晚偶吟》原韵

极目烟峦逸兴浓，百八清音送晚风。
我本无生虽觉老，璧瑛[①]如鼓万山红。

① 璧瑛：良玉，古人常用以譬喻日月，此处指太阳。

玩花池

灵岩山原称象山，周围七十二峰甚为壮观。春秋时夫差建馆娃宫蓄西施于此，山顶有池可以划船，极尽奢侈。晋时司空陆玩居此，后舍宅为寺，像教大兴。信步池边不禁百感交集，口占一绝云：

琳宫霸业付荒丘，兀石池台独淹留。
胜地定缘兴像教，梵音钟磬易千秋。

咏秋树

秋风萧瑟，黄叶翻飞，漫步园内，但见有树叶落之后枝干挺拔，益见威武之态。

华裳褪尽现本真，傲骨苍颜益精神。
孤高不媚时人眼，独向西风效龙嗔。

塔院幽景

塔院一角向来幽静，午间漫步，见其间松竹交杂，数只蝴蝶穿梭于棘花之间。

叶茂深林寂，翮鸟[1]翔云天。
唯见双飞蝶，蝉联棘花间。

① 翮鸟：飞鸟。

灵岩月夜

秋夜寂静，月光如水，虚室生白，时闻虫吟花圃，桂花之影一片斑驳，稍后晚钟响起，月光、花影、虫吟、钟声构成世外之世，妙不可言。

宇清器尘净，花圃蛩虫吟。
桂魄疏寒影，钟传出世音。

闻啸声有感

象山晨昏时有练嗓音者，放声长吼每与钟声交杂，似有一较短长之意。

谁仿狮王啸山林，几与法杵竞清音。
未谙心涵十方界，蜩搏鹏程亦太矜。

山村晨事

姑父家房后有河，景物极佳，晨起凭栏而望。

宿雨经秋后，万物俱氤氲[①]。
雾笼青山隐，柳映碧波澄。
鸡鸣炊烟起，砧喧笑语频。
王孙[②]如有意，南陲辟三径[③]。

① 氤氲：飘忽不定状，此指雾气升腾。
② 王孙：唐诗中多指朋友。
③ 三径：孟浩然有诗云“一丘常欲卧，三径苦无资”，代指归隐之意。

象山踏月

钩挂玄穹银河淡，亭倚栏杆北斗斜。
明珠数匝绕琼市，灯火仨俩属渔家。
橙光辉映琉璃刹[①]，铁甲[②]频驰白玉纱[③]。
俯瞰尘寰飞逸兴，钟击千秋笑馆娃。

① 琉璃刹：都市的玻璃楼阁。
② 铁甲：月亮下在公路奔驰的汽车。
③ 白玉纱：月亮下的国道犹如一束轻柔的白纱。

春　雪

春上枝头雪未消，箨龙[①]庭院益娇娆。
山僧未解怜琼玉，趁步扶筇[②]踏小桥。

① 箨龙：竹笋的异名。
② 扶筇：扶杖。

故园忆

初来平田，见其田园风景与故园有几分相似，不免有怀故里之思。

家住青山竹林边，一湾流水绕门前。
陌盛嫣红蝶翩舞，堤拂垂柳鱼傍眠。
踏绿牛犊侵茵褥，循声痴犬越山巅。
乐哉遗世桃园景，怅忆前尘若梦烟。

冬夜抒怀

光阴似箭，时不我留，弹指间已近而立之年，功夫无成，而少年之锐气消磨，徒叹奈何而已。

一

尘事难明悔已迟，圭角消磨欲何之。
襟怀惨淡无人识，唯有西风夜半知。

二

劫海[①]茫茫事可悲，双丸[②]速驶白发催。
夜阑疏竹摇秋雨，方悟无生法义微。

① 劫海：尘世无尽之意。

② 双丸：古人有“日月两轮天地眼”之句，乃指日月为双眼。

见牛卧碧溪偶吟

国清寺前有一湾碧溪，牛卧其间，于路上行人若无视也，普净师曰：“何不口占一绝?”予当日困甚，笑而推之。今晨忆及此事，遂为之句云：

暑气炎炎夏未央，柳畔溪清卧牛凉。
暂将头角埋碧水，南北熙熙任伊往。

西湖览胜

湖光山色赛婵娟，碧泓涵空浮玉莲。
几处亭台临水构，数叶轻舟泛云边。
多情且欲随梅鹤[①]，孤忠每惭吊岳钱[②]。
境胜人贤恣幽探，曼陀无语笑嫣嫣。

① 梅鹤：宋孤山处士林和靖“梅妻鹤子”之典故。

② 岳钱：岳飞和钱镠，前者为大宋之忠臣，后者为吴越国的创建者。

山居纪事

一

山居终日赏青山，风物宜人放眼看。
静观红花笑绿水，轻逐烟岚舞柳杉。
八峰岧峣空常翠，双涧鸣珂梦亦憨。
探幽不向桃源景，策杖偏寻智者龛。

二

性喜无生入深山，岫烟如梦绕禅关。
烹茗客至云房暖，静虑人还褐衣单。
檐铎雅鸣翩鸟悦，鼎篆[①]旖旎众圣欢。
遥想佛陇径行处，诸天花雨定中参。

① 鼎篆：如篆字形的盘香。

夜雨纪事

狂风乱雨扑窗前，室内帘幕舞翩翩。
酣睡梦中惊坐起，维时正值五更天。

小窗暮望

料峭春寒二月天，展眸云窗竹林边。
峦岫掩空挑屋脊，标旗沐雨挂檐前。
且怜花木凝新绿，尤爱鼎炉散晚烟。
法性难明鬓渐雪，未辞辛苦做诗仙。

琼台览胜

琼台高峻景最奇，双峰雄峙剑门阴。
貔貅[①]百万柳营暗，削瓜千寻寒壁明。
涉险每嘲韩愈恫[②]，览胜常怀善财心[③]。
此日登临无限意，山空潭净碧云轻。

① 貔貅：一种猛兽，代指勇士。
② 韩愈恫：唐代大文豪韩愈游华山苍龙岭，以为将命尽于此，作《绝命书》投于山下，山民见书而救其下山。
③ 善财心：《华严经》中善财童子过一百一十城参访善知识。

华顶春游

策杖访华峰，松竹万千重。
山深弥古意，云外一声钟。

“叹落花”闲题

一

众芳渐摇落，猩红逐风飞。
蝶衣[1]千片巧，信是舞别离。

二

朱英辞故本，蝶梦冷香残。
坠红雨幽径，谁解泣逝川[2]。

① 蝶衣：轻盈的花瓣。
② 逝川：流逝的岁月。

三

东园群芳摇落，春移鸟怨蝶惊。
无那飞红照眼，谁探劫外华林。

四

朝风暮雨更频，残红香染幽径。
鸟怨枝空春老，月怜影瘦光清。

中秋夜雨吟

中秋前夕收到短信，有祝福人月双圆之意。时值寒雨连天，不禁莞尔。雨夜正堪吟咏赋闲，不亦美哉。

潇潇夜雨涤台山，短信飞来带笑看。
漫嗟双圆今难愿，正堪吟咏赋宵闲。

雨夜遣怀

蕉雨销魂更漏残，披襟重索旧诗看。
曾因气盛非贾岛，常抒灵明踵公安[①]。
尘情阅尽秋云幻，世事经多蜀道宽。
最爱稼轩博山句[②]，稚年休赋行路难。

① 公安：明代性灵派的文学大家袁中道三兄弟，属湖北公安人氏，这两句喻指欣赏直抒胸臆的文笔，不喜贾岛等苦吟派诗人的枯吟。

② 博山句：辛弃疾《丑奴儿·书博山道中壁》有句“少年不识愁滋味”，实为饱经沧桑之语。

赤城云海吟

雪浪千寻势拔空，碧渊恢廓塞鸿蒙。
举目赤城山上望，隐隐天河影现中。

登风凰山顶眺远感吟

枫叶舞霜风，彤云漫天红。
身世伤浮梗，浪迹类雪鸿。
危岩旋数转，松竹暗几重。
眺远长太息，空忆旧帘栊。

静夜忆龙川峡秋游事有感

龙峡畅游忆昔秋，流水溪山影像留[1]。
临别依依贻联句，轻吟何处觅离愁。

① 影像留：曾摄影留念。

游黄山感吟

翻腾云海缅轩辕，丹成遗址[1]慰人间。
奇峰不复藏灵草，怪石依然璨碧渊。
烟笼崖松思佳饮，屐临石径羡天仙。
观止岂独霞客语，慈光阁里忆前生。

① 丹成遗址：古人练道称金丹大道，这里指修炼成功的地方。

登 高

怅望上方宝界遥，层峦叠翠倚云霄。
青岚韵美春长在，塔寺巍峨德未凋。
栏楯石成随山转，钟鸣琳殿逐风飘。
性憨直上孤峰顶，恍疑群仙折简招。

品　茗

日坐山房聆鸣泉，古塔孤峙绕云烟。
萧萧竹影临石径，袅袅茶香笼洞岩。
丛林尚传三字偈，人间纸贵七碗篇。
触手玉瓯随意酌，花解禅机绽笑颜。

赏石竹山雨景有感

一、王府井

名街信步乐如何，驴友摩肩软语多。
最是珠撒泉喷处，化铜车伫聆笙歌。

二、圆明园

残垣断壁吊皇园，国粹流难异域间。
聊借荷洁思今古，温史捶膺砥彦贤。

三、长城

峻岭逶迤势如龙，直透重关入太空。
蹑履秦墙惊冥界，霏霏寒叶送疏钟。

四、水立方

琉璃数顷溢清光，健游翻浪竞豪强。
转思奥运宜盛世，胜迹频瞻颂国昌。

五、鸟巢

图南未展垂天翼，已筑银巢待凤栖。
竞技五洲谁独步，鸣阳孤影委数奇。

六、天坛

社稷民生系皇猷，坛筑妙严祈玉霄。
农为国本三千载，盛仪衣冠入梦遥。

七、十三陵

龙驭升天渺何处，沧桑世易五百年。
大患纵知谁解脱，寿山寥寂霞满天。

八、海底世界

世界珍贮碧琉璃，万类千群共游栖。

舞鲨尊大珊瑚[①]巧，最惜人鱼[②]赛美姬。

九、电视塔

溢彩流光四色[③]稀，京城瞰览幻姿奇。

凌空观景[④]聆天语，山水云树[⑤]影迷离。

十、北游摄影感怀

京城留影赏闲堂，西风京韵协清商。

犹记流云[⑥]瞰灯夜，玄幕星缀木樨香。

---

① 珊瑚：最娇小的珊瑚鱼。

② 人鱼：表演的美人鱼。

③ 四色：代表四季的绿红黄白四色灯光。

④ 观景：二百二十五米高的观景厅。

⑤ 山水云树：十米宽的电视墙。

⑥ 流云：电视塔内242米高的流云厅。

题荷叶图

芙叶浸塘雨，妙景入眸中。
碧盘珍珠润，玄源涟漪风。
化母机梭巧，神工意蕴空。
天然寒山境，怡契与心同。

咏窗间竹影

清梦常欣似旧时，碎影窗间曳竹枝。
执卷伫思讶高节，烟绿摇风客归迟。

题山月图

峰峦迴异月何殊，影入清溪事不孤。
痴猿罢拈亡踪迹，如水流辉碧山秋。

题水里星空

醉里不知天在水，冉冉星河入梦来。
晶莹未是思乡泪，一枕清风遍九垓。

题玉兰花

幻颜初识醉清奇，赛玉欺霜俏碧枝。
琼台倩影姿曼妙，青娥应为惜春痴。

小儿嬉戏图

最怜儿时稚且真，花鸟什物倍宜亲。
梦绮犹抱珍玩呓，依人无端笑语殷。

静夜遣怀

桐柏姑苏事转遥，襟怀未畅憾未消。
为怜故园篱畔萼，遗世山村付寂寥。

旷野秋树图

萧瑟秋光物态稀，野旷云稠逐树飞。
繁华落尽心无尽，一拂春风绿又回。

梦回周庄

烟雨霏霏忆江南，小巷漂舟溯碧湾。
绿紫争芳吴歌艳，倚窗闲看逸兴遄。

看图忆杭州

一

青帝回车万物晖，寒雨袭窗眺翠微。
常忆苏杭三月里，柳映亭台稚鸟啼。

二

花靥柔条弄春晖，楼阁峥嵘出翠微。
永明妙旨西湖水，日照龙鳞翮鸟啼。

三

烟笼长堤沐春晖，宝塔巍巍矗翠微。
假风常叙当年事，鸟识玄音恰恰啼。

四

斟茶煮饺纪春晖，陋室浮香暖氲微。

携手屏前戏花影，梦觉楼头野雉啼。

荷花图

为爱清亭手自栽，碧波绰约笑靥开。

缉裳未识梅熟否，香乱棹移若耶来。

夜半听雪

一

万山俱寂灯如晦，小酌窗前看落花。
素手烹茗香满室，欣迓寒英顾我家。

二

窗前观雨伴琼花，叶落深山尽生涯。
夜半清声彻幽境，往来寂灭法王家。

赏浯溪碑林

一

三吾胜览赏碑林，犹遗唐韵满琅琳，
豁开诗眸惊戈马，元颜镌颂庆升平。

二

摩崖三绝觅骚踪，慨吟兴废泣文雄，
汉统陵替思孤孽，凛凛天威仰郭公。

三

千秋骚文聚石矶，铁划银钩壁镌题，
宋韵唐风堪自逸，诗满愚溪天下奇。

调笑令·叹离别

无语，静如许。犹记昔年携游处。烟柳孤山湖畔雨，曾将《楞严》亲吩咐。常思娑婆离别苦，一门超出妙路。

临江山·南岳衡山雾凇图

玉砌琼雕最堪怜，推窗雪满南山。稚儿嬉戏入美篇。传呼皆不应，伫立啸风寒。

大千世界总虚幻，无住生心悠然。物态迭变岂相关。稽首妙莲华，净土现此间。

菩萨蛮·游华严湖

云影天光平如镜，涟漪分水游鲤竞。又见华严峰，山深云数重。

石径蜿蜒长，流连逸兴扬。琴音翊泛舟，赖残何处求。

浣溪沙·撰升学宴联

金风乍起夜转凉，叶卷翻飞扑疏窗，捉笔灯下费思量。

故园俊彦家乘重，遗我炉边泼茶香。雁塔题名亦寻常。

山花子·纪梦

身世伶俜类浪萍，栖影深山梦魂萦。业风又送江右去，泪飘零。

情深恰似忘情辈，男女真个属多情。风雨如晦袏苍黔，尽生平。

采桑子·梦儿时

桂魄临窗酣睡去，梦回故家。木槿繁花，携篮摘采一些些。

晓来旧事迹难寻，云水生涯。肯负韶华，禅榻香绕自清嘉。

浣溪沙·过西泠桥

金风飘叶逐水流，碧泓倒影短亭秋，娟娟云月稍侵楼。

尝乘轻舟过西泠，二苏名高至今愁，青衫湿遍过杭州。

减字木兰花·过径山寺

青山无语，清新芙蓉秋雨洗。时飘岫岚，林深佛刹隐约间。

拟将轻唤，新句微吟游人赞。难畅幽怀，欲叩祖关归去来。

山花子·过灵峰寺

松竹掩映隐僧家，林间新笋伴奇花。诸子同瞻光明幢，谒素华。

青史名贤随逝水，玉骨马嵬委尘沙。倦眼看来三更梦，绕天涯。

踏莎行·朝峨眉山

金顶凌云，光明赫焰。梦里依稀曾相见。踏遍崚嶒山径路，寂然真身无由面。

象王回顾，菩提旧院。游人如织雁行渐。振衣现威退猕猴，雾凇沆砀舞飞霰。

清平乐·露营

围炉夜话，煮茶气绕拖挂。英雄重论使君诧，叙怀且赏莲花。

不远千里来朝，何妨万字香烧。宿缘有在聚会，吉他漫奏歌谣。

临江仙·朝五台山

策杖山巅朝妙德，百城云水匆匆。野花迎我笑靥红。迤逦连碧落，牛群唤西风。

未到中年鬓先雪，何时彻证真空。丈夫襟袍势如虹。实相遍诸法，心观证大雄。

临江仙·夜读

笙歌初歇夜静也，凝眸相惜星星。清宵辉映入窗襟。光点如许大，开卷越分明。

几品梵文滋灵境，般若无住生心。涵咏端植解脱因。字字拈花意，东施解效颦。

南岳衡山向有“文明奥区”的盛誉，

又有“南岳僧海”的美称，

各宗高僧群居山间，

能诗的僧侣代有其人。